AF338891

LA QUESTION

DES

TRAVAUX PUBLICS

EXTRAITS DE DISCOURS

PRONONCÉS DANS DIVERSES RÉUNIONS PUBLIQUES

PAR

M. LESGUILLIER

DÉPUTÉ DE L'AISNE

ANCIEN SOUS-SECRÉTAIRE D'ÉTAT DES TRAVAUX PUBLICS

SOMMAIRE :

CHATEAU-THIERRY

IMPRIMERIE DE LA SOCIÉTÉ ANONYME

L'ÉCHO RÉPUBLICAIN DE L'AISNE

—

1882

LA QUESTION DES TRAVAUX PUBLICS

I. — *Le prétendu grand plan Freycinet.*

CHEMINS DE FER

Notre réseau de Chemins de fer actuellement exploités ou classés comprend environ 46,000 kilomètres, savoir :

Lignes des grandes Compagnies, 23,000 kilomètres;
Lignes appartenant à l'État, 17,000 kilomètres;
Lignes appartenant à des Compagnies diverses et lignes d'intérêt local, 6,000 kilomètres.

30,000 kilomètres sont exploités ou sur le point de l'être.

Les 17,000 kilomètres de lignes appartenant à l'État se composent, pour la plus grande partie, des lignes du plan Freycinet et forment ce qu'on appelle le troisième réseau.

La dépense totale de ce troisième réseau s'élèvera à 6 milliards.

Tel qu'il est constitué, le troisième réseau est inexploitable, ou du moins il ne peut être exploité que dans des conditions très désavantageuses, et il ne donnera pas de produits sérieux.

Cette situation, extrêmement fâcheuse au point de vue de nos finances publiques, provient de ce qu'en classant les lignes du troisième réseau, on a eu soin, dans l'intérêt des grandes Compagnies, d'en faire des affluents des réseaux de ces Compagnies. Sans liaison entre elles, tributaires des grandes Compagnies, les lignes du troisième réseau sont ainsi condamnées à rester improductives.

En dressant ses projets de classement, M. de Freycinet avait eu l'habileté de se créer une majorité dévouée de députés à qui il avait accordé tous les Chemins qu'ils demandaient pour leurs arrondissements respectifs. Il lui avait donc été facile de résister aux hommes clairvoyants qui voulaient modifier et compléter le troisième réseau de manière à le rendre exploitable.

Le classement une fois fait, le troisième réseau constitué de manière à être inexploitable, M. de Freycinet se garda bien de proposer le moyen de l'exploiter. Il invita spirituellement le Parlement à résoudre lui-même une question qu'il avait rendue insoluble. Après avoir pris le beau rôle pour lui, après s'être fait une nombreuse clientèle en classant les lignes les plus inutiles, il léguait aux Chambres une tâche impossible.

De là, Messieurs, l'échec de la grande Commission des Trente-Trois, nommée par l'ancienne Chambre, qui n'a pas pu résoudre le problème du régime des Chemins de fer, parce que, dans les termes ou il était posé, ce problème ne comportait pas de solution admissible.

Les grandes Compagnies, dont le troisième réseau va augmenter les bénéfices dans des proportions considérables, pourraient, sans doute, se charger de l'exploiter à de bonnes conditions. Mais il aurait fallu traiter avec elles avant tout classement. Aujourd'hui que l'administration s'est mise à leur merci, peut-on espérer qu'elles abandonnent, bénévolement, une situation qu'on leur a faite si inconsidérément ?

Si on le maintient tel qu'il est, le troisième réseau couvrira à peine les frais d'exploitation, et l'intérêt des 6 milliards de premier établissement viendra grever notre budget.

Moyennant cet énorme sacrifice, le pays sera-t-il au moins bien desservi ?

Messieurs, si on compare les diverses nations entre elles, au point de vue de leurs réseaux de Chemins de fer, en tenant compte de l'étendue de leurs territoires et de la densité de leurs populations, on trouve que la France n'occupe que le sixième rang. C'est à peine si elle conservera ce rang après l'achèvement du réseau Freycinet. Pour arriver au premier rang, il nous manquera 40,000 kilomètres.

Un seul fait vous démontrera notre infériorité : le nombre de voyageurs, par an et par habitant, est de 17.2 en Angleterre, tandis qu'il n'est que de 3.7 en France. Les facilités mises, en Angleterre, à la disposition du public, ont ainsi pour résultat d'imprimer aux transports une activité cinq fois plus grande que chez nous.

En somme, notre système de Chemins de fer est aussi incomplet qu'onéreux.

(Neuilly-Saint-Front et La Ferté-Milon, 29 Octobre 1882.)

NAVIGATION INTÉRIEURE

Pour ce qui concerne la navigation intérieure et les ports maritimes, l'exécution du plan Freycinet entraînera une dépense de 2 milliards. De ce côté, le plan est-il mieux conçu ? Je vais vous montrer que malheureusement il n'en est rien.

Là encore, on a éparpillé les travaux d'une manière déplorable, pour donner satisfaction à de petits intérêts de clocher.

Certain canal de l'Est a été entrepris pour amener de la houille à une localité industrielle déjà desservie par un chemin de fer. Rendue aux usines, la houille coûte aujourd'hui 25 francs par tonne. Or, l'intérêt de la dépense d'établissement du canal, réparti sur la consommation, atteindra 28 francs par tonne. Il en résulte que, si, au lieu de construire le canal, l'État pouvait acheter la houille sur le carreau de la mine, payer son transport par chemin de fer, et la livrer gratuitement aux usiniers, il gagnerait encore 3 francs par tonne.

Pour vous donner une idée des doctrines économiques qui ont cours en matière de travaux publics, je vous citerai tel autre canal où, en tenant compte de l'intérêt du capital, les frais de transport par tonne et par kilomètre atteignent 3 francs par tonne, c'est-à-dire un peu plus que le transport à dos de chameau. Il s'agit d'un travail déjà ancien. Mais on vient de dresser le projet d'un canal de la Loire à la Garonne, qui coûtera 300 millions, soit 800,000 francs par kilomètre, et qui ne transportera certainement pas 100,000 tonnes par an. L'intérêt du capital s'élèvera ainsi à 0.40 centimes par tonne transportée à un kilomètre, notablement plus que le transport par charrettes.

Vous me direz que ce sont là des exceptions. Nullement, et même pour le canal dont l'utilité est le moins contestable, celui du Nord, je vais vous montrer quel déplorable emploi on fait des deniers publics. Entre les houillères du Nord et Noyon, le canal du Nord rendra de très grands services. Mais, de Noyon à Paris, l'Oise et la Seine offrent déjà une ligne de navigation magnifique. L'administration propose de doubler cette ligne par un canal qui coûtera 50 millions. Or, elle évalue à 1 million l'économie annuelle qui en résultera pour les transporteurs, soit 2 0/0 de la dépense. Le bilan de l'opération peut se résumer ainsi ; l'État, qui emprunte à 4 0/0, emploie son argent dans un travail qui rapportera 2 0/0, non pas au pays, mais à quelques localités ; si un particulier faisait un pareil emploi de sa fortune, on l'interdirait immédiatement.

M. de Freycinet et ses partisans disent qu'en construisant des canaux, ils veulent obliger les chemins de fer à réduire leurs tarifs. C'est une hérésie économique. Les petits canaux qu'on construit ne pourraient pas lutter contre les chemins de fer. D'ailleurs, en matière de transports, la concurrence est inadmissible ; l'État doit être l'arbitre. Avoir deux instruments pour le même travail, lorsqu'un seul suffit, c'est doubler le prix de revient et rendre impossible l'abaissement des prix.

(Neuilly-Saint-Front et La Ferté-Milon, 29 Octobre 1882.)

PORTS MARITIMES

Pour les ports maritimes, mêmes errements fâcheux. On éparpille les travaux sur une foule de points et nos grands ports, Marseille, Le Havre, Bordeaux, restent dans un état d'infériorité humiliant comparativement aux ports étrangers. Tandis que les paquebots anglais et américains marchent à 18 nœuds par heure, les nôtres ne peuvent atteindre que 14 nœuds, parce que la profondeur de nos ports ne permet pas de leur donner un tirant d'eau suffisant.

(Neuilly-Saint-Front et La Ferté-Milon, 29 Octobre 1882.)

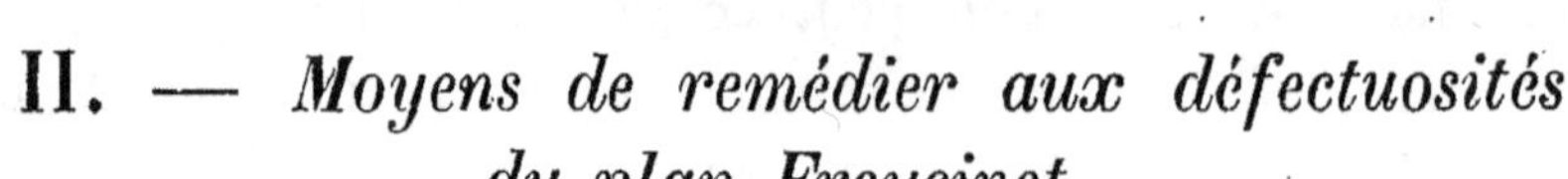

II. — *Moyens de remédier aux défectuosités du plan Freycinet.*

TROISIÈME RÉSEAU

En ce qui concerne les chemins de fer, la constitution des réseaux des grandes Compagnies nous offre une solution bien simple.

Lorsqu'il s'est agi, en 1858, d'établir le deuxième réseau, on a voulu le faire garantir par les produits du premier réseau ; on a, pour cela, organisé le système assez compliqué du déversoir.

C'était une conception ingénieuse, mais elle péchait par un côté. Pour que le revenu des actions fût assuré, il fallait que le déversoir fût toujours dépassé ; les Compagnies avaient ainsi intérêt à attirer le trafic sur l'ancien réseau, sans se préoccuper du nouveau réseau, dont les insuffisances devaient être couvertes par l'État.

Les lignes du nouveau réseau ont par suite été établies dans des conditions d'infériorité très marquées. C'est ainsi que, sur la ligne directe de Paris à Lyon par le Bourbonnais, on trouve des pentes de 30 millièmes, sur celle de Paris à Toulouse, des pentes de 25 millièmes, sur celle de Toulouse à Bayonne, des pentes de 33 millièmes.

Il en résulte qu'aujourd'hui, tandis que les lignes du nouveau réseau ne donnent que de maigres produits, quelques grandes lignes, comme celle de Paris à Marseille, de Paris à Lille, de Paris à Bordeaux, sont encombrées et ne peuvent plus sans danger faire face à de nouveaux accroissements de trafic.

Le mal va encore s'aggraver, parce que dans l'intérêt des grandes Compagnies, l'administration, comme je vous l'ai dit, a persisté dans les anciens errements, en classant les lignes du troisième réseau de telle sorte qu'elles devinssent forcément des affluents des grandes artères, déjà encombrées, de l'ancien réseau. Certaines sections des réseaux du Nord, de Lyon, d'Orléans, donnent des recettes de 200 à 300,000 francs par kilomètre ; on atteindra bientôt le chiffre de 400,000 francs.

Peut-on continuer dans cette voie ? En Angleterre, on double les lignes en construisant des lignes parallèles dès que la recette atteint 70,000 francs par kilomètre.

Là est le remède. Ce que l'ancienne législature n'a pas fait, il faut le faire ; il faut compléter le troisième réseau par la construction de 3,000 kilomètres de grandes lignes parrallèles aux artères principales des grandes Compagnies.

Ce doublement est, dans tous les cas, nécessaire. La question est de savoir si les Compagnies l'exécuteront elles-mêmes, à leur profit, en consolidant leur monopole, ou si on en fera, au profit de l'État, la base du troisième réseau.

Le troisième réseau, dans cette dernière hypothèse aurait un développement de 20,000 kilomètres, et il coûterait 8 milliards. Mais il pourrait être exploité très avantageusement et donnerait des produits très rémunérateurs.

L'ensemble du réseau des chemins de fer d'intérêt général donne aujourd'hui plus de 500 millions de produit net annuel. Dans les sept dernières années, la progression a été de 4 0/0, et elle ne peut que s'accentuer avec le développement rapide du réseau. Dans dix-huit ans, délai nécessaire pour l'achèvement du troisième réseau, le produit net aura ainsi doublé et atteindra un milliard.

Construites dans des conditions techniques qui leur assureraient une incontestable supériorité sur les lignes actuelles, offrant les trajets les plus courts entre tous les grands centres, les grandes artères du troisième réseau attireraient facilement sur ce réseau la presque totalité des 500 millions de plus-value de produits nets à réaliser.

En s'emparant de ces plus-values on ne commettrait pas un acte de spoliation à l'égard des Compagnies actuelles auxquelles on garantirait au contraire le maintien de la situation actuelle.

Les sacrifices que l'État s'imposerait pour le troisième réseau seraient donc largement couverts par le revenu de ce réseau.

(Neuilly-Saint-Front et La Ferté-Milon, 29 Octobre 1882 ; Château-Thierry, 3 Novembre 1882.)

CHEMINS DE FER A VOIE ÉTROITE

Restent les 40,000 kilomètres nouveaux qui sont nécessaires pour que la France occupe le premier rang. L'exposé de motifs d'un projet de loi que j'ai présenté avec 80 de mes collègues, démontre qu'en les exécutant à voie étroite on ne grèverait en rien notre budget (1).

---

(1) EXTRAIT DE L'EXPOSÉ DES MOTIFS
Présenté le 24 Juillet 1882

Pour s'élever au premier rang, il faut que la France double son réseau.

Dans le système ordinaire, ce résultat ne pourrait être obtenu sans compromettre l'équilibre de nos budgets ; on ne peut pas en effet évaluer à moins de 10 milliards en capital, soit 400 millions d'intérêts annuels, l'importance des charges qui en résulteraient pour nos finances publiques.

Il n'en est pas de même si, à la voie large, indispensable pour satisfaire aux exigences d'un grand trafic, on substitue une voie plus en rapport avec le trafic restreint des lignes dont il s'agit, et qui, en pénétrant mieux au cœur des centres de population, offre plus d'avantages au point de vue des intérêts locaux.

J'espère que ce projet de loi sera voté par le Parlement. Je ne me dissimule pas cependant qu'il a pour adversaires tous les députés à qui M. de Freycinet a accordé, pour des lignes à très faible trafic, la grande voie, qui sera très couteuse, et qui craignent de voir transformer ces lignes en chemins à voie étroite rendant les mêmes services avec des sacrifices dix fois moindres. C'est là encore une des conséquences fâcheuses des agissements de M. de Freycinet.

(Neuilly et La Ferté-Milon, 29 Octobre 1882; Charly, 5 Novembre 1882.)

Prenons comme exemple un chemin dont le produit brut annuel soit de 5,000 francs par kilomètre.

Avec une largeur de voie de 1 mètre, des courbes dont le rayon descend à 100 mètres, et même exceptionnellement à 50 mètres, des pentes atteignant de 0.02 à 0.03, la dépense peut être réduite à 55,000 francs en moyenne par kilomètre, non compris les terrains, que nous supposons à la charge des départements.

Les frais d'exploitation seraient de 3,650 francs (2,400 francs plus 1/4 de la recette) (1).

Le produit net kilométrique ressortirait ainsi à 1,350 francs.

Pour assurer au capital engagé 5 0/0 de revenu, amortissement compris, il faut 2,750 francs ; l'insuffisance serait donc de 1,400 francs.

Mais cette insuffisance serait couverte par les profits directs que les chemins de fer donnent à l'État, et qui atteignent 25 0/0 des recettes brutes.

Le développement de la richesse publique résultant de l'extension du réseau ferré, provoquerait d'ailleurs une augmentation du produit des autres impôts. Il faut encore ajouter qu'en apportant leur trafic aux grandes lignes, les chemins à voie étroite réduiraient les charges que ces grandes lignes font peser sur le budget de l'État.

Il est donc juste de dire que, dans les conditions que nous prévoyons, et pourvu qu'on n'entreprenne que des lignes d'une utilité incontestable, le réseau dont nous nous occupons ne coûterait rien à l'État.

Pour les départements, la question ne se présente pas tout à fait sous le même aspect que pour l'État, et les charges seraient à peu

(1) Dans les concessions de chemins à voie étroite faites jusqu'ici, on a appliqué, soit cette formule, soit les suivantes :

2,000 francs + 1/3 de la recette,
2,000 francs + 30 0/0 de la recette.

Ces trois formules donnent des résultats peu différents.

NAVIGATION

Pour les canaux, pour les petits ports, il est difficile de ne pas tenir les promesses résultant pour les populations des lois de classement. Mais il faudrait au moins réduire les dépenses autant que possible, et je crois qu'en procédant ainsi, on se ménagerait une ressource de 200 ou 300 millions sur le montant de l'évaluation de 2 milliards, pour permettre à nos grands ports, Marseille, Le Hâvre, Bordeaux, de marcher de pair avec les ports étrangers.

(La Ferté-Milon, 29 Octobre 1882 ; Charly, 5 Novembre 1882.)

---

près sans compensation. Aussi ne croyons-nous pas que la loi actuelle puisse être appliquée dans beaucoup de départements.

Supposons un département comme celui de la Haute-Vienne, qui représente à peu près, en étendue et en richesse, la moyenne de la France, et qui a besoin d'un réseau de 400 kilomètres devant coûter 30 millions (2) ; est-il admissible que ce département garantisse la moitié de l'intérêt d'une pareille somme, et s'expose à payer annuellement une somme correspondant à 40 centimes additionnels ?

Le même raisonnement s'applique à *fortiori* aux départements pauvres.

On remarquera d'ailleurs qu'il n'est guère admissible qu'on exécute isolément les meilleures lignes d'un département, parce que, pour obtenir d'un Conseil général un vote engageant les finances départementales, il faut qu'il s'agisse d'un réseau intéressant la presque totalité des cantons.

Ce qui est vraisemblable, c'est qu'un certain nombre de départements, quinze ou vingt peut-être, réclameront seuls l'application de la loi, et il en résultera cette conséquence singulière, que les sommes à payer pour garantie d'intérêt étant portées au budget général, les départements pauvres contribueront au développement de la prospérité des départements riches sans réciprocité.

Suivant nous, l'ensemble du réseau secondaire doit donc être exécuté à titre d'intérêt général ; les départements n'auraient à leur charge que les terrains.

(1) Soit environ 70,000 francs par kilomètres, terrains non compris. Ce chiffre est de beaucoup supérieur à la moyenne, parce que le pays est accidenté.

Pour les départements les plus pauvres, généralement très montagneux, le prix sera encore plus élevé.

III. — *Le régime des Chemins de fer.*

LE RACHAT

Les chemins de fer concédés aux grandes Compagnies donnent actuellement un revenu net annuel de 500 millions.

Ce revenu, dans les sept dernières années, a progressé de 4 0/0 par an. La progression va s'accentuer encore par suite de l'exécution des lignes du troisième réseau et des lignes d'intérêt local qui seront des affluents du réseau des grandes Compagnies.

Dans dix-huit ans, lors de l'achèvement du troisième réseau, le revenu net des Compagnies aura donc augmenté de 500 millions au moins, si on maintient les conditions actuelles des concessions.

Il est vrai qu'à côté de cette augmentation de revenu, les Compagnies auront des charges nouvelles. 30,00 kilomètres de grandes artères, déjà encombrées aujourd'hui, devront être doublées pour faire face aux accroissements du trafic. Il en résultera une dépense de 2 milliards, soit 100 millions de charges annuelles nouvelles.

La loi à intervenir fixerait, d'après la superficie et la population de chaque département, la longueur des lignes à lui attribuer.

Si certains départements demandaient davantage, on appliquerait à l'excédent, la loi actuelle concernant les chemins d'intérêt local.

Nous avons dit que l'exécution du réseau de chemin à voie étroite n'imposerait aucune charge à l'État. Pour avoir toute sécurité à cet égard, on diviserait le réseau en trois parties qu'on n'entreprendrait que successivement, et lorsque, sur les sections ouvertes, le revenu atteindrait un chiffre déterminé, 4,000 francs par exemple par kilomètre. Les départements qui voudraient hâter l'exécution de certaines lignes, s'engageraient à payer à l'État, pour ces lignes, la différence entre le produit kilométrique réel et le chiffre de 4,000 francs.

Le bénéfice supplémentaire annuel dés Compagnies se réduira donc à 400 millions.

C'est ce bénéfice supplémentaire que les Compagnies veulent s'attribuer et que le Ministère du 14 Novembre revendiquait au contraire pour l'État à qui il est légitimement dû, puisqu'il est la conséquence des sacrifices imposés au Trésor pour la construction du troisième réseau. Nous ne voulons pas léser les actionnaires, mais nous trouvons que leur situation est assez belle, puisqu'ils touchent des dividendes qui vont jusqu'à 20 0/0 du capital déboursé, et nous ne voyons pas la nécessité de leur accorder de nouveaux avantages au détriment des contribuables.

Nous avons trois moyens d'arriver à notre but.

Le premier, c'est le rachat. Les lignes rachetées seraient concédées à de nouvelles Compagnies, l'État se réservant les plus-values. Pour ce qui me concerne personnellement, je ne suis pas partisan du rachat. Il faudrait payer deux fois le matériel roulant, et d'ailleurs les Compagnies se sont mises en garde contre l'éventualité du rachat en enflant artificiellement leurs bénéfices. L'opération serait donc onéreuse et coûterait à l'État de 1,500 millions à deux milliards en sus de la valeur actuelle des chemins : elle ferait peser sur nos budgets, pendant quatre ou cinq ans, une charge d'une cinquantaine de millions, en moyenne, que nos adversaires nous reprocheraient amèrement et qui serait une arme contre la République. Il y aurait, d'un autre côté, de graves inconvénients à bouleverser une vaste organisation qui, en somme, fonctionne très convenablement.

(Fère-en-Tardenois, 21 Octobre ; Château-Thierry, 3 Novembre, 1882.)

⸻

CONCESSION

Du troisième Réseau aux grandes Compagnies actuelles.

Le second moyen consisterait à concéder le troisième réseau aux grandes Compagnies en mettant à leur charge le déficit de ce réseau. Ce serait accroître démésurément la puissance de

Compagnies qui, déjà, forment un État dans l'État. Une association de financiers qui peut, en prélevant 1 0/0 seulement sur ses bénéfices, dépenser 5 ou 6 millions par an en frais de publicité, ne constitue-t-elle pas déjà un danger sérieux, et ne serait-il pas imprudent d'augmenter encore ses moyens d'action ?

On a accusé les Compagnies d'avoir participé à la guerre contre le Ministère du 14 Novembre. Je puis vous donner, à cet égard, un renseignement qui me touche personnellement. Un entrefilet dans lequel on m'accusait de vouloir faire du socialisme d'État, — et c'était bien à tort, puisque vous connaissez mes tendances à réduire au strict nécessaire les attributions du Gouvernement, puisque je ne suis pas partisan de l'exploitation par l'État, et que, si je ne veux pas l'extension des monopoles, je veux l'intervention de l'industrie privée dans la plus large mesure, — cet entrefilet, qui m'accusait de socialisme, a été, m'assure-t-on, reproduit dans quatre cents journaux de province. Il est assez difficile d'admettre que ces reproductions aient été gratuites.

Je ne veux donc ni du rachat ni de l'extension des réseaux des grandes Compagnies.

(Fère-en-Tardenois, 21 Octobre 1882; Château-Thierry, 3 Novembre 1882.)

CONCESSION
Du troisième Réseau à des Compagnies nouvelles.

Reste un troisième moyen qui consiste à concéder à des Compagnies nouvelles la construction et l'exploitation du troisième réseau.

Je dois dire que, dans ce dernier système, je serais porté à faire une exception pour les lignes du troisième réseau de l'Ouest et de l'Est, que je ne verrais pas d'inconvénients à concéder à ces Compagnies dont l'État a intérêt à renforcer la situation, les lignes nouvelles comprises dans la région qu'elles desservent.

Dans les conditions actuelles, les lignes du troisième réseau, dont la longueur est de 17,000 kilomètres et dont la dépense atteindra 6 milliards, ne peuvent pas donner de produits sérieux, parce que, mal reliées entre elles, enclavées dans les réseaux des grandes Compagnies, dont elles sont des affluents, appauvries par des détournements trop faciles, elles ne peuvent pas être exploitées avantageusement.

Mais la question change de face si on ajoute au troisième réseau les 3,000 kilomètres de lignes à construire pour doubler les grandes artères des grandes Compagnies.

Ce doublement, comme je vous l'ai dit, est, de toutes manières, indispensable : il s'agit seulement de savoir s'il se fera au profit des grandes Compagnies ou si on en fera la base du troisième réseau.

Dans cette dernière hypothèse, au lieu de 17,000 kilomètres coûtant 6 milliards, le troisième réseau comprendrait 20,000 kilomètres coûtant 8 milliards.

Mais, tandis que les 17,000 kilomètres actuellement classés ne peuvent donner que des produits insignifiants, le troisième réseau complété donnerait des produits largement rémunérateurs.

Établies comparativement aux grandes lignes actuelles, dans des conditions de supériorité incontestables, reliant les principaux centres de population par des lignes plus courtes, attirant à elles le trafic des autres lignes du troisième réseau qui s'y souderaient, les grandes artères nouvelles assureraient au troisième réseau la totalité des plus-values de l'ensemble dn réseau général et donneraient ainsi un revenu net d'au moins 500 millions, soit plus de 5 0/0 du capital affecté à l'établissement du troisième réseau.

L'État pourrait ainsi, sans grever nos finances, accorder aux Compagnies nouvelles un intérêt de 5 0/0 du capital d'établissement du troisième réseau, qui ne nous coûterait rien, tandis que, si on laisse accaparer les plus-values par les grandes Compagnies, il présentera annuellement un déficit de 300 millions.

Comme je vous l'ai dit, nous ne voulons d'ailleurs pas ruiner les actionnaires des grandes Compagnies et il est facile de les garantir contre les conséquences de la concurrence, l'État devenant, dans mon système, maître absolu de la répartition du trafic.

400 millions suffisant pour assurer la rémunération du capital d'établissement du troisième réseau, l'État disposerait d'un excédant qui, en vingt ans, dépassera 100 millions ; on pourrait ainsi améliorer graduellement la situation des Compagnies actuelles et arriver progressivement à doubler les dividendes des actionnaires.

(Fère-en-Tardenois, 21 Octobre 1882 ; Château-Thierry, 3 Novembre 1882.)

IV. — *Tarifs.*

Messieurs, j'ai fait une étude spéciale de la question des tarifs de chemins de fer, et je suis arrivé à cette conclusion qu'on peut, sans réduire le revenu des chemins de fer, modifier les tarifs comme il suit :

Voyageurs. — Réduction de 50 0/0 sur les tarifs légaux, soit une réduction de 35 0/0 sur les tarifs actuels qui sont déjà de 23 0/0 au-dessous des tarifs légaux ;

Messageries. — Réduction de 50 0/0 sur les prix actuels ;

Petite vitesse. — Tarifs généraux et spéciaux à base kilométrique décroissante avec réduction de 10 0/0 sur les prix actuels.

Sous le Ministère du 14 Novembre, nous avions engagé sur ces bases, avec les Compagnies, des négociations qui auraient certainement abouti, puisque nous étions déjà presque entièrement d'accord avec deux d'entre elles.

Les avantages considérables assurés au public auraient-ils coûté aux Compagnies ou à l'État des sacrifices sérieux ?

Je puis vous répondre négativement, et, à l'appui de ma manière de voir, je vous citerai ce qui s'est passé sur le réseau de l'État où des réductions plus fortes que celles que je viens d'indiquer ont amené des augmentations de recettes.

Malheureusement le ministère Freycinet n'est pas entré dans la même voie, et, dans sa convention avec la Compagnie d'Orléans, il proposait, en fait de modifications de tarifs, des augmentations de prix très sensibles.

(Condé-en-Brie, 22 Octobre 1882.)

V. — *Les Travaux publics et le Budget.*

Je ne puis pas entrer avec vous dans les détails. Je vous dirai seulement que, pour le ministère que je connais le mieux, celui des travaux publics, une économie de 15 millions, soit 10 0/0 sur les dépenses proposées pour 1882, serait d'une réalisation très facile. Je remettrais les routes nationales aux départements ; l'existence simultanée de deux services de voirie distincts est en effet une anomalie choquante, et de ce chef seulement on gagnerait 10 millions par an.

Quant au budget extraordinaire, je voudrais l'alléger de 300 à 400 millions par an en confiant les chemins de fer à l'industrie privée.

J'ai démontré à La Ferté-Milon qu'il est facile, en modifiant et en complétant le plan Freycinet, de l'exécuter sans imposer de charges au Trésor.

On ajouterait, aux 17,000 kilomètres du troisième réseau, 3,000 kilomètres de grandes artères reliant les principaux centres de population et auxquelles se souderaient toutes les lignes nouvelles.

Ainsi complété, le troisième réseau aurait 20,000 kilomètres au lieu de 17,000 kilomètres et coûterait 8 milliards au lieu de 6 milliards. Mais, au lieu d'être improductif, comme il le restera forcément avec ses tronçons mal reliés entre eux, il attirerait à lui les plus-values des produits nets du réseau général, qui, en dix-huit ans, lors de l'achèvement des travaux, atteindront 500 millions par an.

Sans grever le Trésor, l'État pourrait donc garantir aux Compagnies chargées du troisième réseau un intérêt de 5 0/0.

Pour arriver à occuper le premier rang dans l'industrie des chemins de fer, il manquera à la France 40,000 kilomètres de lignes. Avec quatre-vingts de mes collègues j'ai proposé d'exécuter ce réseau complémentaire à voie étroite, en démontrant que, de cette manière, il ne coûtera rien au pays.

Pour les canaux ou pour les ports, on éparpille les fonds dans des travaux inutiles tandis qu'on laisse nos grands ports, le Hâvre par exemple, dans un état d'infériorité humiliant comparativement aux ports étrangers. Tout en tenant les promesses que comportent les lois de classement, il faudrait réduire les dépenses concernant les travaux sans utilité pour reporter de 200 à 300 millions sur nos grands ports.

En procédant ainsi, Messieurs, en réduisant nos dépenses ordinaires de 200 millions, en ayant recours à l'industrie privée pour l'exécution de nos grands travaux publics, en modifiant le plan Freycinet de manière à le compléter et à le rendre moins onéreux, nous pourrions bientôt, avec les plus-values du rendement des impôts, disposer de 300 à 400 millions pour des dégrèvements.

(Charly, 5 Novembre 1882.)

981 11.82 — Château-Thierry. — Imprimerie de l'*Échorépublicain de l'Aisne*.